# FLEURS
# ET FRUITS

LILLE
L. LEFORT, IMPRIMEUR — ÉDITEUR
PARIS, LECLÈRE, rue Cassette, 29

N° 584

# FLEURS ET FRUITS

À LA MÊME LIBRAIRIE :

VOLUMES IN-18.

LA CORBEILLE, choix de poésies.

LA MOISSON DES FLEURS, choix de poésies.

LA COURONNE DE BLUETS, choix de poésies.

GUIRLANDE DE FLEURS, poésies contemporaines.

CHANTS SACRÉS.

ALBUM DU JEUNE BOTANISTE.

MORALITÉS ET ALLÉGORIES.

LE MORALISTE DU JEUNE AGE.

LES OISEAUX DU CIEL.

LES FRAISES ET LE PETIT RAMONEUR.

ESSAIS dramatiques et moraux.

NOUVEAUX ESSAIS dramatiques et moraux.

LE PRIX DE SAGESSE, et Rose et Lucie.

LE PROGRÈS DES LUMIÈRES.

CHACUN SON MÉTIER, proverbe.

LA NUIT PORTE CONSEIL.

QUI VIVRA, VERRA.

ON RÉCOLTE CE QU'ON A SEMÉ.

UN BIENFAIT n'est jamais perdu.

L. Lefort Editeur.     Lith A. Robaut, à Douai

# FLEURS ET FRUITS

## CHOIX DE POÉSIES

# LILLE

L. LEFORT, IMPRIMEUR-LIBRAIRE.

1856

# FLEURS ET FRUITS

## CHOIX DE POÉSIES

## LILLE

L. LEFORT, IMPRIMEUR – LIBRAIRE.

1856

*propriété*

Le dépôt de cet ouvrage a été fait conformément à la loi.
Le droit de traduction est réservé.

# FLEURS ET FRUITS

## LA POULE ET L'ALOUETTE

Dans un vallon chargé d'épis,
Sous l'abri protecteur de la moisson naissante,
Une alouette prévoyante
Avait déposé ses petits.
Une poule, en ce lieu passant à l'aventure,
La rencontre au moment où, volant à leurs cris,

Chacun de ses petits peut réchauffer son frère ,
    Et son aile les couvrir tous.

Et nous pourtant, mortels, nous passerons comme elle ;
Nous fondons des palais, quand la mort nous appelle ;
Le présent est flétri par nos vœux d'avenir ;
Nous demandons plus d'air, plus de jour, plus d'espace,
Des champs, un toît plus grand ! ah ! faut-il tant de place
    Pour aimer un jour... et mourir ?

                    E. SOUVESTRE.

# LA CROIX

Pour invoquer ton nom quand mon regard s'élève,
Dieu martyr, à ta croix, où ton sang a coulé,
Quand je vois ton flanc nu traversé par le glaive,
Et ton front pâlissant de souffrance accablé;
Quand je rêve à ton ciel, la divine patrie,
Où les élus verront ta gloire et tes splendeurs,
Me souvenant qu'un Dieu nous conquit cette vie
En s'abreuvant aux flots des mortelles douleurs,
Je me sens tressaillir; dans un élan suprême
Mon âme vole à toi; mon cœur est enivré;
Et devant cette croix, notre signe adoré,
Je me prosterne, ô Christ, et tremblante... je t'aime.

E. THIRIAT.

✝

# RÉSIGNATION

Je viens à vous, Seigneur, père auquel il faut croire;
    Je vous porte, apaisé,
Les morceaux de ce cœur tout plein de votre gloire
    Que vous avez brisé.

Je viens à vous, Seigneur, confessant que vous êtes
Bon, clément, indulgent et doux, ô Dieu vivant !
Je conviens que vous seul savez ce que vous faites,
Et que l'homme n'est rien qu'un jonc qui tremble au vent.

Je dis que le tombeau, qui sur les morts se ferme,
    Ouvre le firmament,
Et que ce qu'ici-bas nous prenons pour le terme
    Est le commencement.

Je conviens à genoux que vous seul, Père auguste,
Possédez l'infini, le réel, l'absolu;
Je conviens qu'il est bon, je conviens qu'il est juste,
Que mon cœur ait saigné, puisque Dieu l'a voulu.

Je ne résiste plus à tout ce qui m'arrive
      Par votre volonté.
L'âme de deuils en deuils, l'homme de rive en rive
      Roule à l'éternité.

Nous ne voyons jamais qu'un seul côté des choses;
L'autre plonge en la nuit d'un mystère effrayant.
L'homme subit le joug sans connaître les causes,
Tout ce qu'il voit est court, inutile et fuyant.

Vous faites revenir toujours la solitude
      Autour de tous ses pas,
Vous n'avez pas voulu qu'il eût la certitude
      Ni la joie ici-bas.

Dès qu'il possède un bien, le sort le lui retire;
Rien ne lui fut donné, dans ses rapides jours,
Pour qu'il s'en puisse faire une demeure, et dire :
C'est ici ma maison, mon champ et mes amours!

Il doit voir peu de temps tout ce que ses yeux voient;
      Il vieillit sans soutiens.
Puisque ces choses sont, c'est qu'il faut qu'elles soient;
      J'en conviens, j'en conviens !

                              V. H

# LE MOIS DE MAI

C'est le mois des roses,
Le réveil des fleurs,
Où sur toutes choses
Dieu mit ses splendeurs.
C'est la tiède haleine
Passant dans l'air pur,
Inondant la plaine
De ses flots d'azur.

C'est l'oiseau qui chante
Aux bois parfumés,
Dans la douce attente
De ses œufs aimés.
C'est l'herbe qui pousse
Partout ; sous les pas,
C'est le nid de mousse
Au pied des lilas.

C'est l'eau des fontaines
Qui creuse le sol,
Chantant sous les frênes
Comme un rossignol.
C'est le frais rivage
Où le lis penché
Mire son visage
Au soleil caché.

C'est dans les prairies
Le papillon d'or
Aux tiges fleuries
Volant leur trésor.
C'est, avec leurs mères,
Les petits moutons,
Paissant des fougères
Les premiers boutons.

Mai! c'est de l'année
Le joyeux berceau;
C'est la matinée
Du printemps nouveau;
C'est la frêle enfance
Qu'on verra grandir.
Mai! c'est l'espérance!
Mai! c'est l'avenir!

Au front des montagnes
Fleurit le raisin,

Et dans nos campagnes
Germe notre pain.
Partout la nature
Accomplit son vœu,
S'éveille et murmure
Le nom de son Dieu !

Ainsi donc, sur terre,
Dans ce mois des fleurs,
Dieu fait qu'on espère
Tous les vrais bonheurs.
Sa toute-puissance
Voulut, à nos yeux,
Etaler d'avance
Les splendeurs des cieux.

Pour rendre complètes
Toutes ses faveurs,
Pour que tout fût fêtes,
Amours et douceurs,
Le ciel et la terre,
Charmés de ces lois,
Du nom de la Mère
Ont nommé ce mois.

GALOPPE D'ONQUAIRE.

# LE CHANT DES ORGUES

Silence dans la nef ! le soleil d'occident
    Vers l'horizon pourpré s'incline,
    Et son disque d'or illumine
La rosace qui luit ainsi qu'un disque ardent.
Peuple ! prêtres ! vous tous, enfants de la prière,
Laissez quelques instants les cantiques sacrés,
Par les derniers échos vaguement murmurés,
    S'endormir dans le sanctuaire.


Silence ! entendez-vous comme, en nos cœurs troublés,
    Un vague prélude circule,
    Pareil au vent du crépuscule
Qui court mélancolique et pleure dans les blés ?
C'est l'orgue qui répond à des mains palpitantes ;
Sa voix s'enfle, grandit, et soudain, jusqu'aux cieux,
Sous l'effort cadencé des doigts mélodieux,
    Jaillit en notes éclatantes.

Chantez! échos du ciel, voix d'espoir et d'amour!
    Et toi qui réveillas l'aurore,
    O musique! murmure encore
Pour bercer la nature et fermer l'œil du jour.
Tes sublimes concerts donnent l'essor à l'âme;
Elle frémit, s'élance, et du pied de l'autel,
Dans les flots d'harmonie et d'encens, jusqu'au ciel
    Monte avec ses ailes de flamme.

Or j'entendais un bruit comme les grandes eaux
    Se brisant aux rocs de la plage;
    La sueur baignait mon visage
Et je sentais courir le frisson dans mes os.

Tantôt l'orgue roulait sa note monotone,
Tantôt, rauque, il enflait ses trompettes d'airain;
Et mon cœur palpitait comme un voile de lin
    Agité par le vent d'automne.

L'éternel *hosannah* résonne dans les airs;
    Le monde a tremblé dans l'espace...
    Il vient! c'est Lui! c'est Dieu qui passe,
En étendant la main d'en haut sur l'univers.
Les chérubins, courbés comme au vent les pervenches,
Enivrés d'un bonheur qui ne finira pas,
Contemplent en tremblant la trace de ses pas
    A l'ombre de leurs ailes blanches.

Hosannah! gloire à vous! Dieu tout-puissant! Et toi,
    Musique, voix des espérances,
    Consolatrice des souffrances,

Echo d'une autre vie en qui nous avons foi,
Répands sur nous l'éclat de ta sainte auréole !
Viens, viens, âme nouvelle, en nos âmes vibrer,
Prodiguant tes soupirs qui nous font tant pleurer,
     Et ton doux chant qui nous console.

Gloire à Dieu !... Mais déjà tous les chants ont cessé ;
     Dans la nef aux sombres ogives,
     De l'orgue les notes plaintives
Roulent en s'éteignant comme un cri du passé.
Sous le portail ouvert le peuple à flots s'écoule ;
La vision s'efface, et je ne vois aux cieux
Que le dernier rayon, glissant silencieux
     Sur les fronts courbés de la foule.

                              PROSPER BLANCHEMAIN.

# LA CHANSON DU PÊCHEUR

Ah! quel bonheur d'aller en mer!
Par un ciel chaud, par un ciel clair,
   La mer vaut la campagne;
Si le ciel bleu devient tout noir,
Dans nos cœurs brille encor l'espoir,
   Car Dieu nous accompagne.
Le bon Jésus marchait sur l'eau,
Va sans peur, mon petit bateau.

Saint Pierre, André, Jacque et saint Jean,
Fêtés tous quatre une fois l'an,
   Etaient ce que nous sommes,
Et ces grands pêcheurs de poissons,
A leurs filets, leurs hameçons
   Prirent aussi les hommes.
Le bon Jésus marchait sur l'eau,
Va sans peur, mon petit bateau.

Sur les flots, ils l'ont vu, léger,
Vers eux tous venir sans danger,

Aussi léger qu'une ombre ;
Mais Pierre à le suivre eut grand peur ;
Il cria : — Sauvez-moi, Seigneur !
Sauvez-moi, car je sombre !
Le bon Jésus marchait sur l'eau,
Va sans peur, mon petit bateau.


Sur ton bateau, Pierre-Simon,
Que Jésus fit un beau sermon
A la foule pieuse !
Puis, dans tes filets tout cassés
Combien de poissons amassés ;
Pêche miraculeuse !
Le bon Jésus marchait sur l'eau,
Va sans peur, mon petit bateau.


Dans ta barque il dormait un jour,
Te souvient-il comme à l'entour
S'élevait la tempête ?
Lui, réveillé par ton effroi,
Dit à la vague, Apaise-toi !
Elle baissa la tête.
Le bon Jésus marchait sur l'eau,
Va sans peur, mon petit bateau.


Aussi la barque du pêcheur,
Où s'est assis notre Sauveur,
A toujours vent arrière ;
Sans craindre la mer ni le vent,

Elle va toujours en avant
    La barque de saint Pierre.
Le bon Jésus marchait sur l'eau,
Va sans peur, mon petit bateau.

O Jésus, des pêcheurs l'ami,
Avec nous venez aujourd'hui
    Dans cette humble coquille;
Allons, prenez le gouvernail,
Et bénissez notre travail :
    Il nourrit la famille.
Jésus nous conduira sur l'eau,
Va sans peur, mon petit bateau.

A. BRIZEÜX.

# LA JUMENT DE L'ARABE

Dans Tripoli de Syrie
Un arabe du désert
Vendait sa jument chérie
Au vieux juif Eliézer ;
Sa jument de noble race,
Au manteau blanc et soyeux,
Qu'avec amour il embrasse
En lui faisant ses adieux.

« O ma fille, ma gazelle,
Il faut donc nous séparer ;
Dans les mains de l'infidèle
C'est moi qui vais te livrer !
Oui, pressé par la misère,
Je te vends pour un peu d'or,
Edé, compagne fidèle,
Toi, mon unique trésor.

Douce, mais fière, intrépide,
Tu me suis dans les combats ;

Souvent ta course rapide
M'a préservé du trépas.
Tu hennis quand je te flatte,
J'appelle, et tu viens soudain;
Tu reposes sur ma natte
Et tu manges dans ma main.

Chère à toute ma famille,
Mon fils veut te caresser,
Et sur ta croupe gentille
Sa mère aime à le placer.
Mais, trompés dans leur attente,
Ils vont demander pourquoi
Triste et pensif à ma tente
Je suis revenu sans toi.

Mais il en est temps encore;
Mécréant, tu m'as surpris,
Tiens, d'un marché que j'abhorre
A tes pieds voilà le prix.
Pauvre, à ma terre natale
Je retourne et sans regret. »

A ces mots sur sa cavale
Il s'élance et disparaît.

—o◦⧫◦o—

# La Calomnie et l'Innocence.

ALLÉGORIE

La calomnie un jour s'applaudissait
D'avoir osé diffamer l'innocence.
Comme le bruit partout s'en répandait,
La vérité prit part à cette offense :
A l'accusée elle promit vengeance,
    Et la fit bientôt éclater
    Sans faire aucune violence ;
    Car, pour chacun désabuser,
L'accusée ayant pris le parti du silence,
    La vérité n'eut qu'à parler.

               COMTESSE DE DALLET.

## Quatrain sur Jeanne d'Arc

Comment accordes-tu, vierge du ciel chérie,
Cet œil plein de douceur et ce glaive irrité ?
— La douceur de mes yeux caresse ma patrie,
Et ce glaive en fureur lui rend sa liberté !

               Melle DE GOURNAY.

# L'ÉGLISE A LA FIN DU JOUR

Sur la porte, la croix sainte
A mes yeux montrait l'enceinte
Où l'on vient vous adorer.
Mon Dieu, dans votre demeure,
Vous êtes seul à cette heure,
Et mon cœur m'a dit d'entrer !

Dans cette maison bénie
Quand la foule est réunie
Vous vous tenez au milieu.
Vous nous l'apprenez vous-même,
Et près de mes frères j'aime
A me sentir près de Dieu.

Mais quand nul ne vous adore
Ici l'on vous trouve encore,
Et j'accours m'y renfermer.
Cette heure m'est la plus chère,

Et j'ai moins d'efforts à faire,
Il semble, pour vous trouver.

Il semble qu'on vous délaisse;
Alors, toute ma tendresse,
Pour vous, je veux l'épuiser.
A ces pieds que nul n'embrasse,
Plus ému, je prends ma place
Et je reste à les baiser.

DUCROS DE SIXT.

# La Prière

Heureux celui qui sait prier !
Heureux celui dont la jeune âme,
Brûlant d'une céleste flamme,
S'élève vers son Dieu pour le glorifier !

Quand l'astre du matin ramène la lumière,
J'admire son éclat, je bénis son retour,
Et, le front incliné, j'adresse ma prière
    Au Créateur du jour.

Lorsque l'ombre descend du sommet des montagnes,
    Quand le doux astre qui la suit,
D'un bleuâtre reflet colore nos campagnes,
    J'adore l'Auteur de la nuit.

Qu'il est grand, qu'il est bon, le Dieu qui fit le monde,
    Le Dieu qui fut mon Créateur,
    Qui daigne parler à mon cœur
    Et permet que je lui réponde !

De quels maux puis-je être accablé,
Lorsque je sens qu'il entend ma prière ?
Est-il quelque douleur amère
Dont, en priant, je ne sois consolé ?

Quels plaisirs pourraient me séduire,
S'ils offensaient ce Dieu si bon ?
Avec un cœur rebelle à son divin empire,
Oserais-je invoquer son nom ?

Oh ! oui, je l'oserais encore !
Ses bras sont ceux d'un père, ouverts au repentir,
Et le coupable qui l'implore
Est un fils égaré qui veut lui revenir.

Et quand ce fils se prosterne et supplie,
Le chœur des chérubins se met à l'unisson :
« Voyez ! dit-il, le pécheur prie ;
« Entonnons l'hymne du pardon. »

Don sublime ! sainte prière !
Toi qui te fais entendre à toute heure, en tous lieux ;
Lien du ciel avec la terre,
Quelle âme n'a senti ton charme précieux ?

Qu'es-tu, sinon la voix de l'innocence,
Le regard du pécheur élevé vers les cieux,
Le cri de la reconnaissance,
Ou le soupir du malheureux!

DE JUSSIEU.

# LE NOM DE MARIE

## SONNET

Le blanc ruisseau des prés a de charmants murmures,
Au milieu des caillous, sous l'ombre des roseaux,
La mer, brisant la barque, ou rompant les voilures,
Elève comme un chant la voix des grandes eaux.
Le frais zéphyr du soir a des haleines pures
Qui semblent soupirer et se plaindre aux côteaux,
Et l'oiseau qui voltige, au bord des moissons mûres,
Charme de ses refrains les bois aux verts manteaux ;
La feuille du bosquet frémit dans le silence,
L'insecte qui s'éveille, en bourdonnant s'élance ;
Le luth rend sous les doigts des sons harmonieux.
Mais de tous les accents où l'écho se marie,
Des hymnes de la terre et des hymnes des cieux,
Aucun n'est aussi doux que le Nom de Marie.

ALFRED DE MARTONNET.

# La Tristesse de Marie

## SONNET

Vierge sainte, pourquoi, tandis que tu t'inclines
Vers le berceau du Fils qui s'éveille à ta voix,
Tes yeux sont-ils pensifs, et sur tes mains divines,
Des pleurs mal retenues tombent-ils quelquefois?
Dans l'avenir lointain peut-être tu devines
Le Golgotha sinistre, et peut-être tu vois
Cet enfant au front calme, aux lèvres purpurines,
Pâle, entre deux larrons, cloué sur une croix.
Elève tes regards vers un ciel plus prospère,
O Vierge, et tu verras le trône révéré
Où ton Fils doit s'asseoir à la droite du Père ;
Le trône où retentit déjà ce mot sacré :
Venez à moi, vous tous dont le cœur désespère,
Vous qui versez des pleurs, je vous consolerai !

PROSPER BLANCHEMAIN.

—◦◦◊◦◦—

# LA PRIÈRE DE JEANNE

Il m'en souvient toujours ; c'était à la moisson,
        A deux pas de la maisonnette
Posée au coin d'un champ comme un nid d'alouette,
        D'où s'envolait ma rustique chanson.
Les fléaux des batteurs résonnaient en cadence,
Bruit chéri de la ferme, et préféré cent fois,
        Bon Mathurin, à ton hautbois
        Menant les vieux même à la danse.
Le chien au coin de l'aire, oubliant les troupeaux,
Folâtrait dans la paille éblouissante et chaude,
Tandis que sur la grange un essaim de moineaux
        Guettait l'instant de la maraude.
Les hommes, les oiseaux, tout paraissait joyeux
Devant ces beaux épis aux tiges vigoureuses ;
Mais la gaîté surtout rayonnait dans les yeux
De la bru du cordier, travaillant de son mieux
        Au premier rang des moissonneuses.
Bientôt sous les pommiers on servit le repas.

Jeanne riait toujours. Pourquoi tant d'allégresse,
   Jeanne ? la sueur de vos bras
   D'un autre augmente la richesse,
Et de la pauvreté ne vous préserve pas.
Votre époux est aveugle ; un brin d'herbe qui pousse
Est plus que vos enfants assuré de soutien.
   Serait-ce une chose si douce
   De n'avoir à compter sur rien ? —
   Ainsi je plaignais cette femme
Qui ne m'entendait pas, bien qu'au même moment
Interrogée ailleurs, elle montrât comment
   La sérénité de son âme
   Ne manquait jamais d'aliment.
— « Mes amis, disait-elle, il faut que je l'avoue,
J'avais peur autrefois ; on souffre en commençant ;
Et l'aîné des petits a trouvé sur ma joue
   Plus d'une larme en m'embrassant.
Si je priais tout bas, ma faiblesse était grande ;
Je voulais en ce monde un facile chemin,
Avec le pain du jour celui du lendemain
Dont Jésus au *Pater* écarte la demande.
   Dieu n'exauçait point mes désirs ;
Je ne l'invoquai plus : ce fut comme un orage
Qui dessécha mon cœur. La dernière à l'ouvrage
On me vit arriver ; mes plaintes, mes soupirs
Allanguissaient mes bras en brisant mon courage.
Je mourais... De la source isolez un ruisseau,
Il va bientôt tarir : ma vie ingrate, folle,
Rebelle à la prière, à la foi du berceau,

       Etait ce ruisseau qu'on isole.
Le Ciel vint à mon aide. Il arriva qu'un soir
Revenant au logis, malade, désolée,
Au milieu du chemin j'eus besoin de m'asseoir
       Au pied d'une croix mutilée.
Ce calvaire outragé réveilla ma ferveur :
« Comment, disait la voix sortant de ces ruines,
       Comment sans honte, sans rougeur
Demander une vie exempte de malheur
       A Jésus couronné d'épines !... »
Le reproche était juste; un instant, à genoux
J'accusai ma faiblesse, et de larmes baignée,
Sans plus songer aux biens dont le monde est jaloux :
— « Donnez-moi, m'écriai-je, une âme résignée ! —
Le Seigneur m'entendit cette fois ; sa pitié,
Au don que j'implorais ajouta l'espérance ;
Et la santé revint, et, depuis, la souffrance
       Pour nous s'allégea de moitié.
J'ai la paix, j'ai l'espoir ; maintenant, peu m'importe
Que le fardeau soit lourd et le chemin mauvais,
Le bon Dieu me dit : Va ! — J'obéis, et je vais,
Sûre de son appui, si la charge est trop forte.
Mon secret le voilà, mes amis ; la gaîté
       Vient surtout d'une âme soumise. » —


       Cœurs droits, de bonne volonté,
En attendant le ciel, — les anges l'ont chanté —
Sur la terre ; à jamais, la paix vous est promise.

                HIPPOLYTE VIOLEAU.

# Le Présent de Noël

## I

— « Noël ! un enfant nous est né !
Chantait la mendiante arrêtée à la porte :
« Le Sauveur attendu nous est enfin donné ;
« Les clefs du paradis, sa main nous les apporte.

« Noël ! joie à tous les bons cœurs,
« Joie à tous les chrétiens, cette nuit de décembre !
« Noël ! » — Une autre voix s'éleva dans la chambre :
—«Femme, chantez plus bas! femme, chantez ailleurs!»

Et la porte entr'ouverte : « Eloignez-vous, de grace !
Reprit la voix ; partez, ne dites pas ainsi :
Joie à cette maison ! Hélas ! ce qui se passe
Entre ces quatre murs, vous le voyez d'ici. » —

La chanteuse avança la tête,
De la chambre attristée interrogea le deuil ;
Puis referma la porte, et resta sur le seuil,
Oubliant à la fois le cantique et la fête.

## I I

Les yeux déjà fermés et prêts pour le tombeau,
     Pâle, flétri par la souffrance,
Un homme allait mourir, et pour sa délivrance
     Brillait ce lugubre flambeau
Que n'alluma jamais la main de l'espérance.

     Quatre enfants pleuraient à genoux,
Groupés autour du lit où se penchait leur mère
Qui, pleurant elle-même, exhortait son époux,
Et détachait pour lui la croix de son rosaire.

Là souriaient naguère et travail et gaîté;
La scie et le rabot suffisaient à la vie.
     Le père a perdu la santé,
     Et, depuis sept mois alité,
Il meurt de désespoir plus que de maladie.

     D'abord la famille a caché
Ses besoins, ses efforts, sa détresse profonde :
On ne la cherchait point; un jour elle a cherché,
     Et ses aveux n'ont point touché
Quelques riches voisins qu'elle appelle le monde.

     Le monde! Eh! mon Dieu! c'est le sien! —
Un homme impitoyable, un fournisseur avare,
     Alors ont accusé Lazare,
Et chacun d'eux, la veille, a réclamé son bien.

La haine, ce poison de l'âme,
Epuisait le malade ; au moment de finir
Il maudissait encore, et ne pouvait unir
Un seul mot de pardon aux sanglots de sa femme.

— « Non, Marie, oh ! non, laisse-moi ! »
Disait le moribond d'une voix affaiblie :
« Le prêtre me condamne aussi, tu sais pourquoi ;
Le cruel, il veut que j'oublie
Ce qu'ont fait les méchants à nos enfants, à toi ! »

Et l'homme avec effort soulevant sa paupière :
« Nous devons cent écus ; les créanciers viendront,
Et ces meubles chéris qui te rendaient si fière,
De tes ressources la dernière,
Demain, ils l'ont juré, demain ils les vendront.

« Puis, tu seras chassée et sans pain, et personne
De ceux-là que je hais, qui me laissent mourir,
N'aidera ma famille ! — Et l'on me dit : Pardonne !
Non, non ; point de pardon ! Vous allez trop souffrir ! »

La femme répondait : — « Va, rappelle le prêtre ;
La loi qu'il nous enseigne est notre unique appui.
Jésus a pardonné, Jésus, le divin Maître,
Et sa Mère était là, sous la croix, devant lui !...

« Si Dieu t'enlève à nous, famille solitaire,
Errante, rebutée, ami, ce qu'il nous faut
C'est ta sollicitude encore et ta prière :

Tu ne peux oublier là-haut
Ceux que ton pauvre cœur aima tant sur la terre.

« Tu veilleras sur nous ; tu nous dirigeras
        Un peu de temps, bien peu sans doute.
Bénissons le malheur, s'il abrège la route
Qui nous mène à la tombe, et de là dans tes bras !

« Si tu meurs en chrétien, si la joie éternelle
M'est promise avec toi dans la paix du Seigneur,
Que pourront les méchants ? Ta famille fidèle
Aura, pour supporter chaque épreuve nouvelle,
Un courage, un espoir plus grand que son malheur. »

Et Marie arrosait de ses larmes brûlantes
        Le front pâle de l'ouvrier
Qui prit la croix de cuivre entre ses mains tremblantes;
Et, sans répondre encore, essaya de prier.

### III

        Près de la mendiante assise
Toujours devant la porte, un passant s'arrêtait ;
Ce passant était beau, jeune, riche, il sortait
Des mystères sacrés célébrés à l'église.

En songeant à l'étable, aux présents des pasteurs,
Il se disait tout bas : — « Dans cette nuit heureuse,
Que donner à Jésus, dont la main généreuse
A mon berceau doré prodigua les faveurs ? »

Et comme il creusait sa pensée
Il vit la mendiante et l'entendit gémir :
— « Pauvre femme , dit-il , va-t-elle s'endormir
    Ici , sur la pierre glacée ?

« Vous n'avez pas d'abri ? — Comme Jésus-Enfant ,
J'ai , dans l'autre quartier, sous le toit d'une crèche ,
Entre le bœuf et l'âne, un peu de paille fraîche
Qui me couvre la nuit et du froid me défend.

    « Ce n'est pas sur moi que je pleure,
Je suis seule à souffrir. Là , dans cette maison ,
Un père, un malheureux touche à sa dernière heure…
Quatre enfants ! une femme ! un horrible abandon !
Entrez, ô bon jeune homme! empêchez qu'il ne meure!»

Et l'aumône abondante , et la sainte amitié
Entrèrent à la fois dans la chambre bénie;
Et Celui qui jamais ne console à moitié ,
    Sous une larme de pitié
Eteignit pour longtemps le cierge d'agonie.

Le riche avait trouvé son présent de Noël ,
Du pain pour les enfants, du travail à la femme ,
A l'ouvrier des soins, l'espoir, la paix de l'âme ,
Et, plus que tout cela , cet accent fraternel
Que le frère indigent de ses frères réclame.

       ❖

# LES OISEAUX DE MA VOLIÈRE

## CHANSON

Venez, venez, petits oiseaux,
Dans ma volière il faut vous rendre :
J'aurai pour vous des airs nouveaux
Que vous serez heureux d'apprendre !
Vous ne craindrez plus la fureur
Du vautour aux serres cruelles,
Et, sous les yeux de l'oiseleur,
Vous pourrez agiter vos ailes !
Venez, venez, petits oiseaux,
Je vous ferai des jours si beaux !

Venez, venez, petits oiseaux,
Pour vous je serai bonne et tendre :
Rossignolets et passereaux,
Il m'est si doux de vous entendre !
Quand au printemps croîtront les fleurs,
Dans leur calice frais et rose,

Baigné par la rosée en pleurs,
Que votre petit pied se pose !
Venez, venez, petits oiseaux,
Je vous ferai des jours si beaux !

Venez, venez, petits oiseaux,
Vous trouverez dans ma volière
Un sûr asile, un doux repos,
Les fleurs, le ciel et la lumière !
Là, vos petits et vos chansons
Seront à l'abri de l'orage,
Et, plus heureux qu'en vos buissons,
Vous bénirez votre esclavage !
Venez, venez, petits oiseaux,
Je vous ferai des jours si beaux !

Venez, venez, petits oiseaux,
A l'horizon vient un nuage !
Dans ma volière de roseaux
Vous avez le calme et l'ombrage ;
Puis, quand reviendront les autans,
Vous resterez, troupe gentille,
Pour vous rappeler le printemps,
Sous les toits d'une jeune fille !
Venez, venez, petits oiseaux,
Je vous ferai des jours si beaux !

Venez, venez, petits oiseaux,
Dans notre nid toujours fidèle,

Pour préparer de frais berceaux
J'entends déjà qu'on vous appelle ;
Et, quand viendra la fin du jour ,
A l'heure aimée où tout repose ,
Offrez à Dieu vos chants d'amour ,
Cachés dans des touffes de rose !
Venez, venez, petits oiseaux ,
Je vous ferai des jours si beaux !

MARC CONSTANTIN.

# LA CHARITÉ

CONTE ARABE

Dieu dit un jour à son soleil :
— Toi par qui mon nom luit, toi que ma droite envoie
Porter à l'univers ma splendeur et ma joie
Pour que l'immensité me loue à son réveil,
De ces dons merveilleux que répand ta lumière,
De ces pas de géant que tu fais dans les cieux,
De ces rayons vivants que fait chaque paupière,
Lequel te rend, dis-moi, dans toute ta carrière
Plus semblable à moi-même, et plus grand à tes yeux ?

Le soleil répondit en se voilant la face :
— Ce n'est pas d'éclairer l'immensurable espace,
De faire étinceler les sables des déserts,
De fondre du Liban la couronne de glace,
Ni de me contempler dans le miroir des mers ;
Mais c'est de me glisser aux fentes de la pierre
Du cachot où languit le captif dans sa tour,
Et d'y sécher des pleurs au bord d'une paupière

Que réjouit dans l'ombre un seul rayon du jour.
— Bien ! reprit Jéhovah, c'est comme mon amour !

Ce que dit le rayon au Bienfaiteur suprême,
Moi, l'insecte chantant, je le dis à moi-même :
Ce qui donne à ma lyre un frisson de bonheur,
Ce n'est pas de frémir au vain souffle de gloire,
Ni de jeter au temps un nom pour ma mémoire,
Ni de monter au ciel dans un hymne vainqueur ;
Mais c'est de résonner dans la nuit du mystère
Pour l'âme sans écho du pauvre solitaire
Qui n'a qu'un son lointain pour tout bruit sur terre,
Et d'y glisser ma voix par les fentes du cœur !

LAMARTINE.

# L'ANGELUS

L'étoile brille encor ; tout dort dans la nature !
Le foyer est sans bruit, les rameaux sans murmure,
      L'air sans frisson !
L'oiseau cache son front sous son aile pliée,
Et rêve dans son nid de mousse et de feuillée
      A ses chansons.

Les larmes du matin tombent silencieuses,
Et couvrent le manteau des corolles dormeuses
      De diamants ;
Le laboureur, lassé des travaux de la veille,
Repose, n'entendant vibrer à son oreille
      Nuls bruissements.

Mais bientôt des lueurs, aux teintes argentines,
Blanchissent le sommet des plus hautes collines,
      La nuit n'est plus !
L'aube à peine a glissé des monts sur le feuillage,
Qu'on entend retentir la cloche du village :
      C'est l'*Angelus* !

A ce timbre si doux, et pourtant si sonore,
Tout s'éveille! la fleur s'embaume et se colore
   Dans ses pourpris;
L'oiseau reprend son vol en secouant sa plume;
Les troupeaux vont brouter l'herbe qui se parfume
   Sous ses rubis.


Attentif à la voix qui vient murmurer l'heure,
Le villageois s'empresse à quitter sa demeure
   Où point le jour;
Et le chantre des bois, l'hôte de la chaumière,
Et la brise et la fleur élèvent leur prière,
   Hymne d'amour!


Heureux instants où l'âme, embaumée et ravie,
Peut, aux bords du matin, boire à ces flots de vie,
   Pleins de fraîcheur!...
Le temps s'enfuit! déjà, sous une ardente haleine,
Le travailleur s'incline et gémit dans la plaine,
   Las du labeur!


Au midi, qui viendra soutenir son courage?...
Mais l'airain chante encore au clocher du village,
   Tintant ces mots:
« Creusez votre sillon, car c'est la loi donnée;
Je saurai retentir au bout de la journée,
   Pour le repos! »


A cet écho du ciel sa tête se relève,
Ses bras fendent le sol, et sa tâche s'achève

Sous l'air plus frais ;
Puis, quand vient le retour de la cloche argentine,
En essuyant son front, il gagne sa chaumière
Le cœur en paix !

Pour qu'un ange, la nuit, vous apporte un doux rêve,
Pour qu'en vous, au matin, des flots d'active sève
Soient répandus,
Pour que s'allége enfin le poids de la journée,
Dites trois fois le jour, à chaque heure donnée,
Votre *Angelus !*

ÉLISA MORIN.

# LES VERS-A-SOIE

Filez, petits vers-à-soie,
Qu'autour de vous se déploie
L'interminable fil d'or !
Ainsi chante dans sa joie,
A ses gentils vers-à-soie
L'enfant qui redit encor :
Vite, amis, que l'on vous voie,
Filez vos jolis fils d'or !
Petits artistes en soie,
Filez vos jolis fils d'or !

Entrepreneur de vos chefs-d'œuvres,
J'ai pour vous un soin paternel :
J'aime en vous les gentils manœuvres,
Des ateliers de l'Eternel.
OEufs, papillons ou chrysalides,
Soit apprentis, soit ouvriers,
C'est pour vos appétits avides
Qu'il a plantés tant de mûriers !
Petits, soyez fiers ! votre soie
Fera vivre mille ouvriers !

Femmes, ils feront votre joie
En revenant des ateliers.

Pour Dieu, pour l'Eglise chérie,
Préparez des voiles sacrés,
Et préparez pour la patrie
Des drapeaux partout vénérés !
Dans ce grand carton que ma mère
Vous donna pour passer vos jours,
J'ai vu, dans un temps plus prospère,
Robe de soie aux frais atours....
Chers artisans de la nature,
Faites des fils plus beaux, plus doux,
Pour remplacer cette parure
Je travaillerai comme vous !

ÉDOUARD PLOUVIER.

# LA ROSE

## ALLÉGORIE

L'orage, ce matin, avait tout noyé d'eau
La rose dont Anna fit présent à Marie,
Et la fleur, succombant sous l'humide fardeau,
Penchait sa belle tête, inondée et meurtrie.
Voyant son urne pleine et ses feuilles en pleurs,
Je songeais, moi rêveur, qu'elle pleurait peut-être
Les boutons qu'elle avait laissés avec douleur
Sur le buisson joyeux où le ciel la fit naître.
Alors je la saisis, car elle n'était pas
Uu bouquet agréable, ainsi morne et tachée;
L'agitant rudement, trop rudement hélas!
Je l'effeuille, et soudain la terre en est jonchée.

Tel est, dis-je, le rôle insensible et moqueur
Que souvent nous jouons près d'une âme souffrante,
Sans crainte de heurter et de briser un cœur
Que domine déjà la douleur dévorante.
Cette élégante rose, agitée un peu moins,
Fraîche comme Marie aurait encor pu luire;
Et les pleurs, essuyés avec de tendres soins,
Peuvent être suivis quelquefois d'un sourire.

Trad. de l'anglais.

# LE LIS ET LA GOUTTE DE ROSÉE

Sous les rayons brûlants d'un ciel d'or et d'azur,
    Quand toute fleur se flétrit et se penche,
Pourquoi donc, ô beau lis à la couronne blanche,
Gardes-tu seul un front si brillant et si pur ?
    — C'est qu'une goutte de rosée,
Par les pleurs de l'aurore en mon sein déposée,
Y conserve toujours une douce fraîcheur.

Et semblable au beau lis, c'est ainsi, jeune fille,
Que ton front virginal toujours sourit et brille,
Parce que l'innocence habite dans ton cœur.

A. DE SÉGUR.

# NEIGE ET SOLEIL

La neige et le soleil, mariant leurs splendeurs,
A mon œil fasciné font oublier les fleurs ;
L'âme se réjouit à ces blancs paysages.
Oui, l'hiver même est beau dans ses froides toisons,
De charmes différents Dieu doua les saisons
     Comme il en a doué les âges.
Heureux qui sait, par les neiges des ans,
Tempérer les ardeurs de la verte jeunesse,
     Et dorer la blanche vieillesse
Des rayons les plus purs du soleil du printemps !

EUGÈNE DUBOIS.

# La Vitre et le Rideau

Un soir que le soleil plongeait sous l'horison,
Et que la lampe seule éclairait la maison,
La vitre diaphane, empruntant un langage
  Au souffle harmonieux du vent,
Murmurait, à part soi, sous le rideau mouvant :
— Pourquoi m'offusques-tu ?... il est jaloux, je gage ;
Ma clarté lui déplaît... ma splendeur l'étourdit...
Ma gloire... pour tout dire en un mot, l'importune !
  Or le rideau, qui l'entendit,
    Dit :
— Où donc est le soleil ?... je ne vois point la lune...
  Eh ! quel astre puis-je éclipser ?
Car, en vain ferais-tu l'ombrageuse et la fière,
Voisine, en toi vraiment tu n'as pas de lumière,
Et ton rôle se borne à la laisser passer.

  Que d'auteurs sont pareils,
  Et brillants de grands titres,
  Qui se croient des soleils
  Et ne sont que des vitres !

      C. DES ORTIES.

# LE DIAMANT

Le riche diamant, dont l'enveloppe obscure,
Cache tant de splendeurs que l'avare nature
Le veut pour elle seule, il faut le bien chercher
Et de son lit de pierre avec soin l'arracher,
Puis, avec des labeurs d'une longue insistance,
Le polir au contact de sa propre substance,
Pour l'offrir au grand jour. — Superbe et radieux,
Vous le voyez alors éblouir tous les yeux.
Ainsi l'âme est cachée au sein de la matière,
Il faut la cultiver, la nourrir de lumière ;
Alors on la verra, d'un éclat sans pareil,
Resplendir aux clartés de l'éternel Soleil.

M<sup>me</sup> WROUSKI.

# LE VOYAGEUR

De la montagne dans la plaine
Je descends fatigué, je me traîne abattu ;
Le vent siffle, on entend gronder la mer lointaine.
Je suis triste... et mon cœur, succombant sous la peine,
Mon pauvre cœur me dit : — Voyageur, où vas-tu ?

Au-dessus de ce globe où la douleur abonde,
La nuit, sœur de la mort, étend son bleu linceul ;
Dieu ! qu'il est riche et grand, qu'il est rempli le monde !
Moi, que je suis petit ! que je suis pauvre et seul !

Là-bas, dans le vallon, leur paisible village
Se blottit comme un nid d'oiseaux...
On en sort le matin pour d'agrestes travaux ;
On y rentre le soir... Bonne nuit ! bon courage !
Seul, du pauvre étranger, le bâton de voyage
Descend et monte sans repos.

De la montagne dans la plaine,
Je descends fatigué, je me traîne abattu ;

5

Le vent siffle, on entend mugir la mer lointaine...
Je suis triste... et mon cœur, succombant sous la peine,
Mon pauvre cœur me dit : — Voyageur, où vas-tu ?

Où je vais ? où je vais ?... je vais où va la flamme,
Je vais où va l'esprit... l'ignores-tu, mon cœur ?
Je vais au sol natal, au beau pays de l'âme.
Marchons, marchons encore... un grand but nous réclame.
Là-haut on nous attend, là-haut est le bonheur !

J. BOULMIER.

# LES ENFANTS ÉGARÉS

Il était une fois deux bambins de votre âge,
Ma fille, aussi gentils qu'on l'est quand on est sage,
Ce qui n'arrivait pas précisément toujours :
Ils désobéissaient pour le moins tous les jours.
Mais ils avaient bon cœur ; et l'hiver, quand la bise
Des arbres effeuillés battait la tête grise ;
Quand la neige semblait, en couvrant les coteaux,
D'une prochaine mort menacer les oiseaux,
La mésange rayée et la blonde alouette ;
Quand les chardonnerets, la frileuse fauvette,
Partout, sans le trouver, quêtaient un petit grain,
Ces enfants dans le parc jetaient devant leur faim
Du chènevis, du blé, du millet ou de l'orge.
Ils sauvèrent la vie à plus d'un rouge-gorge ;
Et Dieu fut si content, que les oiseaux, un jour,
Vinrent exprès du ciel les sauver à leur tour ;
Voici comment. Alix et Camille, son frère,
N'étaient presque jamais dociles ; au contraire,
Quand on les habillait, leur mère, le matin,

Avait beau répéter : « Restez dans le jardin !...
Les loups de ce temps-ci sont toujours en colère ;
J'en ai rencontré deux, moi, qui suis votre mère !
—C'est pour nous faire peur,» murmuraient-ils tout bas,
Et sitôt qu'ils croyaient qu'on ne les voyait pas,
Ils couraient dans les bois cueillir des perce-neige,
Chercher des papillons, des cigales, que sais-je ?
Jouer tout seuls, riant et se moquant de tout,
Et même, à ce qu'on dit, contrefaisant le loup.
Ils firent une fois peut-être quatre lieues
Pour une demoiselle avec des ailes bleues,
Qu'ils n'attrapèrent pas : le ciel était fâché.
Tandis qu'ils s'amusaient, le jour s'était couché,
L'heure de leur goûter éveille leur mémoire ;
Ils courent, mais bientôt l'ombre devient plus noire ;
Il tombe de la brume, il gèle ; ils sont très-las ;
Et prenant un sentier dont la fin ne vient pas,
Ils se perdent. « J'ai peur, dit la petite fille.
— Je ne peux plus marcher du tout,» répond Camille.
( Il n'avait que cinq ans ; sa sœur en avait six. )
« Alix, veux-tu t'asseoir ? » Et contre un arbre assis,
Ils appellent bien fort, tant que leur voix s'enroue.
Ils pleurent, et le vent qui souffle sur leur joue
Leur fait froid de ces pleurs ; et tous deux à genoux,
Ils disent au bon Dieu : « Prenez pitié de nous ;
» Envoyez-nous chercher, nous serons bien dociles. »
Hélas ! qu'aux malheureux les serments sont faciles !
Mais personne n'arrive, et tous deux, à tâtons,
Ils s'en vont, se serrant comme font les moutons,

N'osant pas respirer : coupable, un rien effraie.
Tout à coup une voix qui sortait d'une haie...
Ah ! quelle horreur ! la nuit, d'être seuls dans les bois!
Ils n'avaient pas fini le signe de la croix,
Le seul qui nous rassure alors qu'on désespère,
Qu'un homme trois fois grand comme l'était leur père,
Et tout noir, les saisit : « Votre argent sur-le-champ !
— Grace, mon bon voleur ! ne soyez pas méchant ;
Grace ! nous n'avons rien ; sûr, ni moi, ni mon frère ;
Nous sommes si petits ! » dit Alix en prière.
— Vous avez des habits ! mes enfants n'en ont pas ! »
Il les prit là-dessus tous deux dans ses grands bras ;
Il ne leur laissa rien, des pieds jusqu'à la tête.
Voyez, quand on va seul, quels malheurs on s'apprête !
Demi-morts de frayeur, presque nus, grelottant,
Ils demandent au ciel leur mère en sanglottant,
Leur mère, qui loin d'eux gémit et leur pardonne,
Et les cherche bien mieux que ne cherche personne,
En pleurant. Ce que c'est que de désobéir ;
Ma fille, comme on souffre, et comme on fait souffrir !
Le curé du village avait sonné la cloche ;
Et tout près du château, sur le haut d'une roche,
On faisait tant de feu qu'il était jour le soir ;
Mais ils étaient trop loin pour l'entendre et pour voir.
On s'informait partout de nos pauvres rebelles ;
Hélas ! aucun endroit n'en avait de nouvelles.
Le chien même d'Alix ( car elle avait un chien )
Allait flairant le sol et ne découvrant rien.
C'est ainsi que la nuit se passa tout entière.

Enfin, comme le jour blanchissait la clairière,
On les vit qui dormaient sur le bord d'un chemin,
Pour réchauffer leurs doigts, se tenant par la main.
Sans doute ils auraient dû mourir cent fois pour une !
Mais tandis qu'à genoux, pleurant leur infortune,
Ils criaient au secours à désoler les bois,
Le linot éveillé, qui reconnut leur voix,
Courut en avertir le bouvreuil sédentaire.
Avant que le sommeil les surprît sur la terre,
Les pinsons le savaient ; et tous furent quérir
Des feuilles, du coton, du foin pour les couvrir ;
Jusques aux roitelets, si délicats, si frêles,
Qui défirent leurs nids, et même un peu leurs ailes ;
Plus de cent mille oiseaux travaillèrent pour eux.
Ils n'eurent pas trop froid, les petits malheureux.
C'est qu'on se fait du bien en en faisant aux autres ;
Les jours qu'on a sauvés sont le salut des nôtres.
Ils furent près d'un mois malades ; mais depuis,
Ils se seraient plutôt cachés au fond d'un puits,
Que de passer la porte ou d'en tourner le pêne ;
Aussi de les gronder on n'avait pas la peine :
Quand on leur avait dit, Faites ceci, cela,
C'était fait ; souvent même ils allaient au delà ;
Et nos deux pénitents, toujours pleins de prudence,
De peur de se tromper, obéissaient d'avance.

JULES LEFEBVRE.

# La Petite Fille et le Savant

Suivons cette petite fille ,
Frais lutin , dont l'esprit en ses yeux noirs pétille ;
Où va-t-elle de grand matin ?
Je la vois qui s'arrête ; elle sonne à la porte
D'un alchimiste son voisin.
Or le savant, d'humeur accorte,
Ouvre, lui sourit , et déjà
Dans l'antre enfumé la voilà.
— Monsieur , voulez-vous bien permettre
Qu'à ce fourneau je prenne un peu de braise, un peu,
Afin d'allumer notre feu ?
—Volontiers, mon enfant..Mais quoi! rien où la mettre?
Attendez qu'on vous cherche un... je ne sais. —Oh! rien:
Monsieur, ne bougez pas : je l'emporterai bien
Là, sur ma main !—Comment, que dites-vous, ma belle?
Sur votre main !... A peine il avait achevé ,
Que prompt et prompt , mademoiselle
Vous fait en moins de temps qu'on ne dit un *Ave* ,

Dans le creux de sa main un petit lit de cendre,
  Sur lequel aussitôt d'étendre
Sa braise ardente, et zeste ! avec un ris moqueur
  Elle tire sa révérence
 Et court encor... O ciel ! dit le docteur,
  Que chose vaine est la science !
  Moi, qui depuis trente ans et tant,
  Médite, spécule, étudie,
Moi, docteur sorbonné, peut-être de ma vie
 Je n'aurais eu l'esprit d'en faire autant.
 Zénon dit vrai : Le plus sage n'est guères
  Sage en tout; et le plus savant
  Ignore, hélas ! bien souvent,
  Les choses les plus vulgaires.

ÉTIENNE CATALAN.

# LE PONT DES MÈRES

Dans la fleur de l'adolescence,
Un jeune homme, Carlos, dit-on,
Trouva, d'Espagne allant en France,
Un peu d'eau mouillant un vallon.

Cette eau s'oppose à son passage;
Il veut traverser son courant;
Accru soudain par un orage,
Le ruisseau devient un torrent.

Le torrent l'entraîne : il surnage,
Il enfonce, il remonte. Hélas!
Ni ses efforts ni son courage
Ne peut l'arracher au trépas.

Cet enfant avait une mère :
Elle arrive, elle voit son fils ;
Sa douleur dans ses bras le serre,
Tous ses sens sont évanouis.

6

Son malheur toujours l'épouvante ;
Pareil malheur peut advenir :
Pour les autres mères tremblante,
Elle songe à le prévenir.

Les yeux en pleurs, elle fait faire
Un pont sur le fatal torrent,
Pour elle une simple chaumière,
Un tombeau pour son cher enfant.

A chaque femme, à chaque père
Elle dit : — Vous ne craindrez plus ;
Ce pont fut fait par une mère,
Maintenant je ne le suis plus.

Les flots répandent les alarmes.
La nuit, sous la hutte on l'entend
Crier à genoux, toute en larmes :
O mon Dieu ! rends-moi mon enfant !

On croit, dans toutes les Espagnes,
Au bruit des eaux, au bruit du vent,
Entendre l'écho des montagnes
Répéter : — Rends-moi mon enfant !

DUCIS.

# L'AVEUGLE DE VINGT ANS

« Pauvre enfant, d'où viens-tu ? n'as-tu donc plus de mère ?
— Hélas ! je suis aveugle et je n'ai que vingt ans.
Je suis abandonné, je suis seul sur la terre ;
Ici-bas, sans soleil, il n'est plus de printemps.
On me parle des fleurs dont le parfum m'enchante,
Je les touche et les sens, mais je ne les vois pas !
On me parle du ciel, dont la vue enivrante
Fait rêver au bonheur et soupirer tout bas.
Le doux chant des oiseaux me pénètre et me charme,
Leur plumage, dit-on, est soyeux et doré,
Quand j'écoute leur voix, moi je sens une larme
Se rouler à travers mon orbite fermé.
On me dit, ô douleur ! que la nuit même est belle ;
La nuit, la nuit pour moi, mais c'est l'obscurité !
Pour d'autres, c'est le ciel parsemé d'étincelle,
C'est l'heure où Dieu paraît dans sa divinité ! »

Mais bientôt accablé, dans sa triste misère,
Il mourut de douleur, seul, de tous oublié !
Mais on dit que le soir un ange, sur la pierre,
S'incline et disparaît sitôt qu'il a prié.

MARC CONSTANTIN.

# A UN ENFANT

Oh ! bien loin de la voie
Où marche le pécheur,
Chemine où Dieu t'envoie !
Enfant ! garde ta joie !
Lis ! garde ta blancheur !
Sois humble ; que t'importe
Le riche et le puissant !
Un souffle les emporte.
La force la plus forte,
C'est un cœur innocent !
Bien souvent Dieu repousse
Du pied les hautes tours ;
Mais dans le nid de mousse,
Où chante une voix douce,
Il regarde toujours !

V. H.

# UN FORGERON A SON ENFANT

Dans ton berceau d'osier, dors, mon beau petit ange,
Ma main qui t'a bercé va travailler pour toi ;
Que le bruit du marteau jamais ne te dérange ;
Pour te nourrir, vois-tu, je n'ai que cela, moi.

Oh ! viens sur mes genoux dès que tu te réveilles,
Petit enfant chéri.... Tu ne sais pas combien,
Après mon labeur rude et mes pénibles veilles,
Ta vue et ton sourire à mon cœur font de bien.

Tu grandiras un jour, pour soulager mes peines,
Pour aider de tes bras mon vieux bras fatigué ;
La vertu, du travail sait alléger les chaînes,
Alors comme aujourd'hui, sois heureux, libre et gai ..

Va courir dans nos champs que parfument les brises,
Au seul âge où l'on soit oublieux des douleurs,
Prends ton essor d'oiseau vers les montagnes grises,
Joue à tous les buissons, baise toutes les fleurs.

6 *

Quand je t'aurai quitté, — les ans passent si vite ! —
Au monde où je vivais tu me remplaceras.
Si tu vois des méchants, que ton cœur les évite :
Ne fais pas d'envieux, mon fils ! fais des ingrats !

Quels que soient ta fortune ou tes destins contraires,
— Ecoute, et garde bien tout ce que je te dis, —
N'en décharge jamais le fardeau sur tes frères ;
S'il en est qui le font, songe qu'ils sont maudits !

Instruis-toi : le savoir grandit l'intelligence.
Sois humble : l'orgueilleux se croit meilleur que tous.
Aime qui veut t'aimer ; pardonne à qui t'offense ;
De l'honneur de ton nom sois le gardien jaloux.

Si pour la vie, enfant, il te faut un modèle,
Ouvre un livre sacré, choisis les vrais chrétiéns ;
La couronne du juste est la seule immortelle,
Et l'âme vertueuse est le plus grand des biens.

G.

# LA VIGNE ET L'ORMEAU

FABLE

La vigne devenait stérile,
Dépérissant faute d'appui;
Un ormeau devint son asile :
« Si par moi, disait-il, je ne porte aucun fruit,
Je soutiendrai du moins une plante fertile. »

CAPELLE.

# LA FOURMI

FABLE

Sur les cornes d'un bœuf revenant du labeur
Une fourmi s'était nichée.
« D'où viens-tu? lui cria sa sœur,
Et que fais-tu, si haut perchée?
— D'où je viens? Peux-tu l'ignorer?
Répondit-elle. Ma commère,
Nous venons de labourer. »

VILLIERS.

# LE BAISER D'UNE MÈRE

J'aime, après un beau jour, une nuit vaporeuse,
Et le ciel parsemé de mille étoiles d'or,
Et la lune d'argent, qui vient, mystérieuse,
Épandre sa pâleur sur le monde qui dort.
J'aime aussi du matin la senteur embaumée,
La rosée émaillant l'arbuste de ses pleurs ;
J'aime du doux zéphir l'haleine parfumée,
Et l'oiseau s'éveillant dans les bosquets en fleurs.
Lorsque tombe le soir avec mélancolie,
Que frissonne dans l'air un souffle harmonieux,
J'aime du rossignol la fraîche mélodie,
Voix pure qu'on prendrait pour une voix des cieux ;
J'aime un bel enfant blond, et sa mine éveillée,
Et son regard parfois si mutin et si fou,
Et ses propos naïfs, charmes de la veillée,
Et ses cheveux flottants tout bouclés sur son cou.

Mais j'aime mieux encor les baisers d'une mère,
Son sourire divin, son amour consolant ;
J'aime mieux les accents de la douce prière
Qu'elle fait bégayer à son plus jeune enfant.

D. H. BRAMSOT.

# L'Enfant et le Vieillard

Oh ! le lis est moins pur qu'un bel enfant candide
Nouvellement tombé de vos mains, ô mon Dieu !
On sent bien qu'il vous quitte, et sur son front limpide
On voit la trace encor de vos baisers d'adieu.

Son bon ange gardien, dans son âme nouvelle,
N'aperçoit nul point noir ; tout est blanc, radieux,
Jamais pour s'envoler l'ange n'ouvre son aile ;
Et jamais il ne met la main devant ses yeux.

Dans le cœur de l'enfant point de laves de flamme,
Point de serpent caché qui jette son venin ;
Tout est candeur ; mon Dieu ! vous fîtes sa jeune âme
Comme un calice d'or plein d'un parfum divin.

Mais l'enfant devient homme, et le vice s'éveille ;
L'ange gardien s'endort ou bien remonte au ciel ;
Sur le calice d'or rarement l'homme veille ;
Il le laisse remplir de limon et de fiel.

Puis il vieillit, et voit ses passions éteintes ;
Il se fait pur ; sa main se lève pour bénir ;

L'enfant et le vieillard, ce sont deux choses saintes ;
L'un vient de fermer l'aile, et l'autre va l'ouvrir.

J'aime leurs cheveux blancs ; j'aime leur tête blonde ;
De notre pauvre terre ils ne sont qu'à moitié ;
Ils ne touchent en rien aux passions du monde,
L'un en est pur, et l'autre en est purifié.

Qu'il est doux dans les jours de doute et de souffrances
Où l'on n'a foi qu'au vice, où l'on pleure abattu,
D'avoir un bel enfant pour croire à l'innocence,
Un père en cheveux blancs pour croire à la vertu.

M<sup>me</sup> ANAÏS SÉGALAS.

# L'OISEAU – MOUCHE

Il est si petit qu'il se perd,
Quand du soir souffle la risée ;
Par une goutte il est couvert,
Par une goutte de rosée.

Du chasseur il brave le plomb,
Car où l'atteindre ? Il est si frêle
Et si léger, qu'un cheveu blond
Pèse plus à l'air que son aile.

Il s'endort au milieu des fleurs :
Quand il vole de tige en tige,
Avec son chant et ses couleurs
Il semble une fleur qui voltige.

Il voit pâlir son vermillon
Si la main d'un enfant le touche.
Il est moins grand qu'un papillon,
Un peu moins petit qu'une mouche.

LÉON GOLZAN.

# LA PATIENCE ET L'AMBITION

## ALLÉGORIE

Il est deux routes dans la vie;
L'une solitaire et fleurie,
Qui descend sa pente chérie
Sans se plaindre et sans soupirer.
Le passant la remarque à peine,
Comme le ruisseau de la plaine,
Que le sable de la fontaine
Ne fait pas même murmurer.
L'autre, comme un torrent sans digne,
Dans une éternelle fatigue,
Sous les pieds de l'enfant prodigue
Roule la pierre d'Ixion.
L'une est bornée, et l'autre immense;
L'une meurt où l'autre commence;
La première est la patience,
La seconde est l'ambition.

ALFRED DE MUSSET.

# LA COUR DES MESSAGERIES

On raille les nouveaux venus :
L'on s'observe, l'on s'examine ;
Et trente voyageurs, l'un à l'autre inconnus,
Se jugent tour à tour sur l'habit, sur la mine.
Sans se connaître, on se cherche le soir ;
Dès le lendemain on s'oublie :
Et l'on se quitte enfin pour ne plus se revoir :
C'est le vrai miroir de la vie.

MICHAUD.

---

## LE PASSEREAU ET LE LIÈVRE

### FABLE

Un lièvre est pris par l'aigle aux serres si cruelles.
« Qu'as-tu fait de tes pieds ? » lui crie un passereau.
Un milan passe, entend, et ravit mon oiseau.
L'autre, vengé, répond : « Qu'as-tu fait de tes ailes ? »

M<sup>me</sup> JOLLIVEAU.

7

# Le Cheval et le Taureau

FABLE

Un cheval vigoureux, monté par un enfant,
Semblait s'en amuser au milieu d'une plaine,
 Tantôt effleurant l'herbe à peine,
 Tantôt sautant, caracolant.
« Quoi ! lui dit un taureau mugissant de colère,
Un écuyer pareil te gouverne à son gré !
 Comment n'en être pas outré !
 Va, fais-lui mordre la poussière.
 — Moi ! répond le noble coursier,
Ce serait là vraiment un bel exploit de guerre !
 Aurais-je à me glorifier
 De jeter un enfant par terre ? »

       LE BAILLY.

# L'Abeille et la Fourmi

FABLE

A jeun, le corps tout transi,
    Et pour cause,
Un jour d'hiver, la fourmi,
Près d'une ruche bien close,
Rôdait pleine de souci.
Une abeille vigilante
L'aperçoit et se présente :
« Que viens-tu chercher ici ?
Lui dit-elle. — Hélas ! ma chère,
Répond la pauvre fourmi,
Ne soyez pas en colère :
Le faisan, mon ennemi,
A détruit ma fourmilière ;
Mon magasin est tari :
Tous mes parents ont péri
De faim, de froid, de misère.

J'allais succomber aussi,
Quand du palais que voici,
L'aspect m'a donné courage.
Je le savais bien garni
De ce bon miel, votre ouvrage ;
J'ai fait effort, j'ai fini
Par arriver sans dommage.
Oh ! me suis-je dit, ma sœur
Est fille laborieuse,
Elle est riche et généreuse,
Elle plaindra mon malheur ;
Oui, tout mon espoir repose
Dans la bonté de son cœur.
Je demande peu de chose,
Mais j'ai faim, j'ai froid, ma sœur !
— Oh ! oh ! répondit l'abeille,
Vous discourez à merveille ;
Mais, vers la fin de l'été,
La cigale m'a conté
Que vous aviez rejeté
Une demande pareille.
— Quoi ! vous savez?....— Vraiment, oui ;
La cigale est mon amie.
Que feriez-vous, je vous prie,
Si, comme vous, aujourd'hui
J'étais insensible et fière ;
Si j'allais vous inviter
A promener, à chanter ?
Mais, rassurez-vous, ma chère :

Entrez, mangez à loisir,
Usez-en comme du vôtre,
Et surtout pour l'avenir,
Apprenez à compatir
A la misère d'un autre. »

# MON VILLAGE

Combien je te regrette
Beau ciel de mon pays,
Et toi, douce retraite,
Que toujours je chéris !
Soleil qui fais éclore
Les trésors de l'été,
Dois-tu me rendre encore
La vie et la gaîté ?

Une erreur trop commune
Égara ma raison ;
Je rêvai la fortune
Et l'éclat d'un vain nom ;
Mais, aujourd'hui plus sage,
D'un regard attendri
Je cherche mon village
Et mon premier ami.

Vers cette heureuse terre
Qui me ramènera ?

Là repose ma mère ;
L'amitié m'attend là.
O pensers pleins de charmes,
Endormez ma douleur !
Et vous, coulez, mes larmes,
Et soulagez mon cœur.

Une fleur étrangère
En de tristes climats
Sur sa tige légère
Cède au poids des frimas.
Jeune, ainsi je succombe,
Faible comme la fleur :
Ici je vois la tombe,
Là-bas est le bonheur.

Je veux, dès mon aurore
Surpris d'un froid mortel,
Me réchauffer encore
Au foyer paternel.
Chaque jour ma patrie
Charme mon souvenir...
Là commença ma vie,
Là je veux la finir.

GENSOUL.

# LE PETIT RIEUR

« Laissez entrer ce chien qui soupire à la porte ;
Je souffre quand j'entends souffrir autour de moi ;
Fût-il aveugle et vieux , il pleure, qu'on l'apporte ,
Mon feu lui sera doux.... Quoi ! petit Paul, c'est toi ! »

C'était le petit Paul. Sous un brouillard d'automne,
Pensif et tout mouillé depuis un long moment,
Sans l'ouvrir , à la porte il grattait doucement.
Pourquoi n'entrait-il pas ? on l'entoure, on s'étonne.
Il entre. Il reste là sans avoir dit , — Bonsoir,
Bonsoir, petite mère , — et sans oser s'asseoir;
Mais Paul tenait en vain sa paupière baissée ,
Les mères ont des yeux qui percent la pensée.
« De l'école avant l'heure on vous a fait sortir,
Pourquoi ? ne mentez pas.
                          — Je ne sais plus mentir ,
Mère ; pour presque rien.
                          — Presque dit quelque chose.
Votre maître est si bon qu'il ne fait rien sans cause.

— On ne peut jamais rire, et c'est bien malheureux,
Moi, quand je ne ris pas, je suis tout las de vivre.
— Vous avez donc ri, Paul?
                              — Oui, mère, sous mon livre.
— Qui vous rendait si gai?
                              — Christophe. Il est affreux,
Christophe ! il a l'œil trouble et la tête enfoncée.
Ses bras vont jusqu'à terre, et sa jambe est torsée,
Comme cela !
              — C'est triste.
                              — Oui, si je l'avais su !
Mais je n'avais jamais vu d'écolier bossu;
J'ai cru que les bossus venaient tout vieux au monde,
Comme Esope à mon livre.
                              — Esope fut enfant,
Et sa mère pleura. Pitié douce et profonde;
La laideur s'embellit quand ta voix la défend.
L'homme apporte des maux dont rien ne le console !
— Mais Christophe, ma mère, est un rude garçon;
Ce n'est qu'un paysan, le dernier dans l'école.
Et comme on riait trop pour suivre la leçon,
J'ai dit, Esope ! Esope ! en regardant Christophe;
Et j'ai fait le portrait du crochu philosophe :
Voyez, messieurs, voyez, le divin animal !
— Et que disait Christophe?
                              — Il détournait la vue;
Il cachait dans ses mains sa rougeur imprévue,
Et je crois qu'il pleurait.
                              — Tais-toi ! tu me fais mal.

Il pleurait ! ô railleur , que vous êtes à craindre !
Un être a donc souffert , et souffert sans se plaindre :
Tout ce qui pleure est beau. Je l'aime en ce moment ;
Oui , j'aime mieux Christophe et sa jambe tournée ,
Que ta langue épineuse à blesser destinée ;
Je l'embrasse de l'âme et je le vois charmant.
Viens , que je te corrige. Ecoute-moi : tu m'aimes ?
— Oh ! oui ! — Souvent nos dards retombent sur nous-mêmes.
Regarde-moi longtemps : et que ton avenir
S'épure d'un amer et tendre souvenir.
Comment me trouves-tu ?

                                — Belle comme une mère !
O ma mère ! vos traits ont la douceur du ciel ,
La Vierge des enfants , que l'on prie à Noël ,
          Est comme vous tendre et sévère :
Oui , vous lui ressemblez ! j'y pense en vous voyant ,
Et c'est vous que je vois , ma mère , en la priant !
A l'église , une fois , vous êtes apparue ,
Et la foule indigente en joie est accourue ;
Vos habits étaient gais , vous étiez blanche , et moi ,
Je disais : C'est ma mère ! et l'on disait : Hé quoi !
C'est sa mère. Ah ! maman ! quel bonheur ! — Je t'écoute
Et je plains ton doux rêve ; il me touche. Il m'en coûte
D'attrister le miroir attaché sur ton cœur ,
Où tu me trouves belle , où je me vois aimée ;
Mais , regarde , et gémis d'être un enfant moqueur :
Je suis laide.

          — Ma mère !

                                — Enfant, je vous afflige ?

Je vous ôte un bandeau. Je suis laide, vous dis-je ;
Un jour un petit Paul aussi rira de moi.
— Je le tûrai, ma mère ! oh ! quand il serait roi.
Ciel ! rire de ma mère !

            — Et l'enfant qu'elle adore,
L'enfant que son malheur lui rend plus cher encore,
Penses-tu qu'une mère, au fond de ses douleurs,
Ne se lèvera pas pour revenger ses pleurs?
Et toi, mon fol enfant, fier de tes belles armes,
Lançant ton rire ingrat sur l'objet de ses larmes
Prends garde ! si ta langue allait faire mourir !
Dieu dit : Tu souffriras ce que tu fais souffrir !

                 Mme DESBORDES VALMORE.

# LE NUAGE, LA FEUILLE ET LE FLEUVE

« O nuage, où vas-tu ? qui t'a donné naissance ?
— Interrogez celui qui fait toute existence.
Voyageant dans les cieux sans m'arrêter jamais,
Je ne sais d'où je viens, et j'ignore où je vais !
    Le vent qui jamais ne se lasse
Me promène à son gré dans les plaines des airs ;
    Je vais me perdre dans l'espace
    Ou m'abîmer au sein des mers. »
— « Pauvre feuille, où vas-tu ? Pourquoi, jaune et flétrie,
As-tu quitté la tige où tu reçus la vie ?
— Celui-là seul le sait dont la puissante main
Dispense la durée et commande à l'orage :
Obéir à sa loi, voilà mon seul destin,
Et mon unique gloire est d'être son ouvrage.
Je meurs avec le soir, je naquis au matin,
    Et lui seul en sait davantage ! »
— « Et toi, fleuve, où vas-tu ? l'on dirait que pressé
De te confondre au sein de la mer orageuse,

Tu roules au hasard ton onde voyageuse,
Insoucieux des bords où les flots ont passé ?
— Eh ! que m'importe à moi la montagne ou la plaine ?
Quels que soient les chemins où le Seigneur me mène,
Tout m'est indifférent, puisqu'il faut tout quitter
Et poursuivre mon cours sans jamais m'arrêter ! »
            Ainsi tout passe en ce bas monde,
            Ainsi l'onde succède à l'onde,
            Comme le jour succède au jour,
Et, semblable à la fleur qu'un vain éclat décore,
            Au nuage qui s'évapore,
L'homme vit un mome..t et s'en va sans retour.
Mais la feuille et la fleur, et le fleuve et la nue,
            Poursuivant leur route inconnue,
            Vont se perdre dans le néant ;
Et l'homme seul, portant l'immortelle espérance,
N'abandonne la terre et sa courte existence
Que pour vivre à jamais au sein du Tout-Puissant !
L'homme seul peut aimer dans le cours du voyage :
Car tout ce que son cœur sème sur son passage
            D'amour pur et de charité
Germe des fruits divins pour l'immortalité !
Marchons donc, ô mortels, ne perdons pas courage ;
Marchons ; car le Seigneur, respectant son ouvrage,
Fait mourir les vivants, mais fait vivre les morts !
            Voyageurs battus par l'orage,
            Fuyons vers les célestes bords ;
Et c'est là qu'éblouis des splendeurs infinies,
Enivrés au torrent de ces mille harmonies

Qui ravissent les cieux par leurs sacrés accords,
Nous trouverons au sein de la divine essence
Ce que l'on cherche en vain au terrestre séjour,
La clarté dans la foi, la paix dans l'espérance,
Et l'éternité dans l'amour !

# L'AIGLE ET L'OISEAU-MOUCHE

FABLE.

L'aigle disait à l'oiseau-mouche :
« De pitié ton destin me touche,
Pauvre insecte emplumé, myrmidon des oiseaux !
Il semble en te voyant que l'injuste nature
T'ait créé si petit pour souffrir tous les maux.
    Le moindre grain de nourriture
      Te paraît un pesant fardeau,
Et pour te renverser, chétive créature,
      Il ne faut qu'une goutte d'eau !
— Celui qui nous envoie et les vents et l'orage,
Répondit l'oiseau-mouche avec son doux langage,
    Nous donne aussi de quoi leur résister :
Pour m'abattre, il suffit d'une goutte de pluie,
      D'une feuille pour m'abriter. »

    Dans sa providence infinie
Dieu mesure à chacun sa dose de douleur
      Selon sa force ou son génie :
      C'est là l'histoire du malheur,
      C'est là l'histoire de la vie !

                              A. DE SÉGUR.

# LE JEUNE HOMME ET LE SOLITAIRE

## FABLE

Un saint homme vivait dans une solitude,
Ignorant les soucis, libre d'inquiétude,
Et mettant tous ses soins à servir le Seigneur,
La nature et son âme étaient sa seule étude,
Et pour toute science il connaissait son cœur.
Une bible, une croix composaient sa richesse :
Je me trompe, il y faut ajouter un jardin,
Que le vieillard pieux cultivait de sa main.
Le Ciel récompensait ses soins avec largesse,
Fleurs et fruits prospéraient dans cet heureux séjour
Et passaient en beauté tous ceux du voisinage.
Ses fleurs ornaient l'autel où sa main chaque jour
Offrait au Tout-Puissant la victime d'amour,
Et ses fruits nourrissaient les pauvres du village.
Dieu jetait sur son cœur un paternel regard,
Et, toujours souriant, le fortuné vieillard
S'avançait doucement au terme du voyage.
La paix, sommeil du cœur, visitait tous ses jours ;

Il trouvait le bonheur en fuyant la fortune,
Et, loin des passions de la foule importune,
Sa vie avait coulé tranquille dans son cours
De la douce jeunesse aux limites de l'âge,
Tel du matin au soir fuit un jour sans orage.
Un soir qu'en méditant il arrosait ses fleurs,
Un jeune homme au front sombre et pâle de visage
Vint demander au saint de guérir ses douleurs.
« Ayez pitié de moi, disait-il, ô mon père,
Vous dont l'œil est serein et dont le cœur est doux;
Donnez-moi le secret d'être heureux comme vous;
Car en vain j'ai cherché le bonheur sur la terre.
J'ai sur tout l'univers promené mes désirs,
Et l'univers n'a pas contenté mon envie,
          Et j'ai vidé jusqu'à la lie
          La coupe amère des plaisirs !
Quelquefois le présent à mon âme flétrie
Offrait quelque douceur : mais pouvais-je en jouir
En songeant au malheur qu'enferme l'avenir,
Cet avenir caché, ma plus grande misère?
L'homme peut-il, hélas! être heureux aujourd'hui,
Quand le sort de demain est un secret pour lui,
Quand nul ne peut sonder ce terrible mystère?
Oh! qui pourra combler le vide de mon cœur?
Dites, vous qui semblez connaître le bonheur,
Ne pourrai-je jamais l'embrasser, ô mon père,
Ce rêve de ma vie, enivrante chimère,
Que partout je poursuis et qui me fuit toujours?
— Mon fils, lui répondit l'homme chargé de jours,

Cette agitation pour les choses humaines
   Est la première de vos peines.
Pourquoi vous égarer dans ces poursuites vaines,
Et vous charger du poids d'un avenir obscur?
Voyez : quand le ciel rit, quand le soleil est pur,
L'oiseau s'attriste-t-il en songeant à l'orage?
O mon fils, l'homme est fou, l'oiseau du ciel est sage.
Mais qu'importe après tout l'azur ou le nuage?
Le bonheur ne vient pas des choses du dehors,
Et quand nous l'y cherchons il trompe nos efforts :
Le bonheur est en nous : dans sa bonté profonde,
Dieu le mit dans notre âme en nous mettant au monde;
Mais il faut, pour garder ce bien si précieux,
Aux choses du dehors n'attacher point ses vœux,
Et ne pas toujours vivre éloigné de soi-même.
Aimez Dieu, soyez pur, et vous serez heureux ;
La paix du cœur, mon fils, c'est le bonheur suprême:
Jusqu'au jour où la mort, qui ferme tous les yeux,
Venant à dégager notre âme prisonnière,
Dieu, notre père à tous, nous récompense aux cieux
D'avoir su conserver le bonheur sur la terre ! »
C'est ainsi que parla le pieux solitaire,
Et le jeune homme ému le crut et fut heureux.

         A. DE SÉGUR.

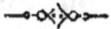

# Le Pélerin et le Mendiant

Quoique pieds nus et couchant sur la dure,
    Disait un pauvre pélerin,
    Je veux poursuivre mon chemin
Sans adresser au ciel ni plainte ni murmure.
En passant sur un pont il vit un mendiant
    Qui, sans relâche et tour à tour priant
    Notre Sauveur et sa mère Marie,
      En montrant sa jambe meurtrie,
Criait : « Prenez pitié de ce pauvre affligé ;
Vous voyez que le sort ne l'a pas ménagé :
    Dans la plus affreuse bataille,
Son pied fut emporté par un coup de mitraille. »

Ceci fit répéter au pauvre pélerin :
    « Je veux poursuivre mon chemin,
Sans adresser au ciel ni plainte ni murmure ;
On est plus malheureux sans pieds que sans chaussure. »

                     NIOCHE.

# *Si j'étais petit oiseau*

C'était le plus beau jour de tous les jours d'automne,
Un de ces jours brillants, jours aux mille couleurs,
Où la terre ravie, effeuillant sa couronne,
    Nous jette ses fruits et ses fleurs.

La mère travaillait à la fenêtre assise,
Mère au front gracieux, au regard calme, doux;
Et l'enfant apprenait, en silence et soumise,
    Une leçon sur ses genoux.

Relevant quelquefois sa tête rose et blanche,
Pour sourire au soleil, au splendide horizon,
Elle écoutait l'oiseau qui sautait sur la branche,
    En chantant gaîment sa chanson.

La pauvre mère alors, et bonne et généreuse,
Pour ne pas la gronder, feignait de ne rien voir,
Ou ramenait d'un mot sa chère paresseuse
    Au doux sentiment du devoir.

Que sa voix était tendre et pleine d'indulgence !
« Allons, chère Marie, allons, tu n'apprends pas.
Ton livré déchiré trahit ta négligence ;
    Que vois-tu de si beau là-bas ? »

Elle invitait encor la gentille rêveuse
A reprendre courage, à lire de nouveau,
Quand l'enfant s'écria : « Que je suis malheureuse !
    Ah ! si j'étais petit oiseau !

Ah ! si j'étais l'oiseau qui toujours saute et chante,
Qui n'a souci de rien, qu'on voit toujours joyeux ;
Si j'étais cet oiseau, que je serais contente,
    Et que mon sort serait heureux !

Plus de livre ennuyeux, plus de leçon sévère ;
Voltiger tout le jour, courir et s'amuser,
Causer avec les fleurs, caresser la bruyère,
    Sur le gazon se reposer ;

Toujours nouveau plaisir, toujours nouvelle fête ;
Sous les arbres touffus j'arrêterais mon vol,
Et m'en irais souvent appeler la fauvette
    Pour rire avec le rossignol.

Tu dis que c'est là-haut qu'on chante les louanges
Que la terre répète en tout temps, en tout lieu :
J'y volerais aussi pour entendre les anges
    Chanter dans le ciel du bon Dieu.

Sans regrets, sans chagrins, toujours libre et ravie,
Chaque jour le soleil me paraîtrait plus beau ;
Ainsi s'écouleraient les heures de ma vie :
    Ah ! si j'étais petit oiseau !

— Sans doute, chère enfant, cette vie a des charmes ;
Mais elle compte aussi plus d'un jour douloureux :
L'oiseau n'est pas exempt de craintes ni d'alarmes ;
    Il est souvent bien malheureux.

Quand l'hiver couvre tout de glace et de tristesse,
Lorsque tu dors, enfant, sous de légers rideaux,
On n'entend plus dans l'air que les cris de détresse
    Poussés par les petits oiseaux.

Oh ! que leur voix alors est touchante et plaintive !
Ils vont mourir de faim, de froid et de douleur,
Car ils n'ont plus de mère, inquiète, attentive,
    Pour les réchauffer sur son cœur.

Plus heureux que l'oiseau, dont la vie est amère,
L'enfant reçoit du ciel un regard plein de feu,
Un cœur intelligent pour comprendre sa mère,
    Une âme pour adorer Dieu.

Regarde celui-ci, qui frôle de son aile
Et la branche de l'arbre et le gazon fleuri ;
Il va nous faire entendre une chanson nouvelle....
    Qu'il est mignon, qu'il est joli !

Il paraît bien joyeux ; les airs sont sa patrie !
Sans craindre le péril, sans songer à son sort,
Il chante, court, s'envole, et légère est sa vie :
　　Demain, peut-être, il sera mort. »


La mère encor parlait, quand soudain l'éclair brille ;
Bientôt l'air retentit sous le grand peuplier,
Et l'oiseau qui chantait tombe sous la charmille
　　Frappé par le plomb meurtrier !


On s'élance, on accourt, de terreur palpitantes :
Hélas ! il est trop tard ! Oh ! le cruel chasseur !
L'oiseau fermait déjà ses paupières mourantes :
　　Que de regrets ! que de douleur !


On essaya pourtant de rappeler la vie,
Longtemps on espéra qu'il rouvrirait les yeux :
Tout en le réchauffant, la gentille Marie
　　Versa des pleurs bien douloureux !


Elle lui dit tout bas beaucoup de choses
( Car l'enfant sut de Dieu comprendre la leçon ) ;
Puis on l'ensevelit dans des feuilles de roses,
　　Que l'on cacha sous le gazon.


Elle revint alors désolée et pensive,
Le cœur gros de soupirs, rêvant au pauvre oiseau ;
Et puis, sans dire un mot, sérieuse, attentive,
　　Elle étudia de nouveau.

Puis un moment après elle dit en prière :
« Seigneur ! Seigneur, mon Dieu ! de ton ciel triomphant,
Oh ! conserve toujours un enfant à sa mère,
    Et garde la mère à l'enfant ! »

M<sup>elle</sup> ISABELLE RODIER.

# LA DÉSOBÉISSANCE

Enfants, ne jouez pas si près de la rivière ;
Pour vous mirer dans l'eau n'inclinez pas vos fronts,
Votre pied imprudent peut glisser sur la pierre ;
Vous êtes tous petits, et les flots sont profonds !
Mais vous n'écoutez pas ma voix qui vous appelle ;
Aux poissons effrayés vous lancez des cailloux,
Vous allez du pêcheur démarrer la nacelle,
Et, penchés sur les bords, vous l'attirez vers vous :
Puis, livrant au courant un rameau qu'il entraîne,
Pour le ravoir encor vous accourez plus bas :
Quand la main d'un géant pourrait l'atteindre à peine,
Vous voulez le saisir avec vos petits bras !!...
Venez vers moi ; venez, avant que je vous gronde ;
Enfants, de ces plaisirs je vous prive à regret :
Mais on ne revient pas au-dessus de cette onde,
Et, si vous y tombiez, votre mère en mourrait !....
A mes sages avis vous ne voulez pas croire ;
Venez, je vais vous dire une tragique histoire :
C'était dans le printemps, quand la terre verdit :

Alors qu'abandonnant le foyer de famille,
Vous allez à l'abri de la verte charmille
Recommencer les jeux que l'hiver suspendit;
Alors que le soleil apparaît sans nuage,
Qu'une neige de fleurs couvre les églantiers,
Que chaque arbre vous offre un nid à mettre en cage,
Et que des fruits vermeils brillent aux cerisiers.
Un matin, parcourant la campagne nouvelle,
Une mère jouait avec ses deux enfants;
Mère comme la vôtre, aussi bonne, aussi belle,
Le bonheur se peignait dans ses yeux triomphants!
« Venez, mes chers petits, courons dans la prairie, »
Disait-elle en fuyant; et, redoublant leurs pas,
Derrière elle accouraient Léopold et Marie,
Et leur mère riait en leur tendant les bras;
Et tous deux s'y jetaient; puis, s'élançant plus vite,
Ils voulaient, à leur tour, parvenir jusqu'au but.
Le premier qui du champ atteignait la limite,
D'un baiser maternel recevait le tribut:
Jeux d'amour, qu'avec vous fait encor votre mère;
Doux ébats, ce jour-là souvent recommencés!!...
Le soleil mesura deux heures sur la terre
Avant que les enfants eussent dit: C'est assez!
Puis, le cœur haletant, sur la mousse ils s'assirent;
Ils cueillirent des fleurs sur les bords du chemin;
Et, formant des bouquets, qu'à leur mère ils offrirent,
Joyeux, ils s'écriaient: Nous reviendrons demain!
« Oui, demain, mes amis, si vous êtes bien sages,
Sur le gazon fleuri nous reviendrons sauter;

Maintenant la chaleur a mouillé vos visages,
Reposez-vous encor, c'est l'heure du goûter. »
Alors vous eussiez vu cette mère attentive
Donner à ses enfants des fruits et des gâteaux ;
Et tous deux, bondissant, tant leur joie était vive,
Oublièrent, soudain, le besoin du repos.
« Vois-tu la belle fleur, là-bas, vers cette pierre,
Dit Marie à son frère, en montrant un iris ?
Viens, courons, paresseux ; j'y serai la première,
Et maman d'un baiser m'accordera le prix. »
Léopold la suivit dans sa course légère ;
Leur mère ne vit point où s'égaraient leurs pas ;
Tout entière aux pensers que le bonheur suggère,
Elle s'occupait d'eux.... et ne les suivait pas ;
Sur le gazon assise, elle restait rêveuse ;
Dans le recueillement, elle baissait les yeux ;
Bientôt, son jeune époux (oh ! qu'elle était heureuse !)
De ses enfants aussi partagerait les jeux !
Il allait revenir après un long voyage,
Il allait ressentir tout ce qu'elle éprouvait ;
Déjà de ses transports elle se peint l'image ;
Et ses enfants fuyaient, tandis qu'elle rêvait...
« J'ai la fleur, » dit Marie, et sa main triomphante
Agita dans les airs un iris arraché :
« Vois-tu comme il est beau ! maman sera contente,
N'est-ce pas ! viens le voir... mais, tu parais fâché !
Viens, le vent du midi l'a couvert de poussière,
La chaleur a plié ses beaux panaches bleus,
Viens, allons le baigner aux eaux de la rivière !

Viens, ne sois plus jaloux, il sera pour nous deux :
J'ai bien soif! dans nos mains nous boirons l'eau limpide,
Il n'est point de dangers, ne sois pas si timide :
Écoute, Léopold! — Oh non, répond l'enfant,
N'approche pas, ma sœur, maman nous le défend !
— Ne crains rien, dit Marie en détournant la tête,
Maman ne nous voit pas; maintenant elle dort;
Viens voir comme dans l'eau ma robe se reflète !
Viens voir ces beaux poissons à la nageoire d'or ! »
Et la jeune étourdie, en se penchant sur l'onde,
Puisait l'eau dans ses mains, mouillait la fleur d'azur,
Dans les flots transparents mirait sa tête blonde,
Et sur la grève humide avançait d'un pas sûr.
Près d'elle elle a cru voir un poisson qui frétille :
Dans l'eau, pour le saisir, son bras s'est enfoncé.
Tout à coup on entend la pauvre jeune fille
Pousser un cri d'effroi... son pied avait glissé...
Le torrent l'entraîna.... Sa malheureuse mère
Accourut à sa voix; hélas! c'était trop tard !
Elle voulait mourir dans sa douleur amère,
Et sur les flots profonds fixait un œil hagard.
Dans sa triste demeure on l'emporta mourante ;
Léopold la suivait en appelant sa sœur,
Sa sœur, que rejeta la vague indifférente
      Aux filets du pêcheur !

# A UN PRINCE

## LE JOUR DE SA PREMIÈRE COMMUNION

Prince, il est sur la terre une source divine
Dont on connaît d'abord la céleste origine ;
Qui, du cœur rafraîchi, se répand dans les sens,
Et fait venir aux yeux des pleurs reconnaissants.
Il est des jours, des lieux, où de subites flammes
D'une sainte auréole illuminent nos âmes ;
Souvenir incomplet, frémissement divin,
Des premiers jours du monde écho vague et lointain.

Cette grace de Dieu, ce sentiment céleste,
J'ai bien souvent rêvé sur ce qui nous l'atteste :
Tantôt, c'est le soupir qui du cœur satisfait
S'exhale à voir le bien de l'aumône qu'on fait.
C'est la vierge au front blanc sur sa harpe penchée,
A ses accords divins tenant l'âme attachée ;
Pure, belle, paisible, et recevant des cieux
Le charme de sa voix, le regard de ses yeux.
C'est, le matin, le soir, la longue rêverie
Sur Dieu, sur nos enfants, nos fleurs, notre patrie.
Du voyageur lassé c'est le penser soudain
Qui le saisit au pied de la croix du chemin.

9\*

C'est aux saints jours le chant des antiques louanges ;
Le sommeil d'un enfant que regardent les anges;
L'orgue, de sons plaintifs emplissant le saint lieu ;
Le front du laboureur incliné devant Dieu.
Mais surtout c'est à l'âge où le péché s'avance
Pour saisir et souiller la robe de l'enfance,
Le Christ le repoussant de sa divine main,
Et sauvant nos enfants par un céleste hymen.
C'est à le voir chercher ses brebis écartées,
Et parfois près du gouffre en naissant emportées ;
C'est lorsque sa voix dit : « Satan ! retire-toi ;
Que viens-tu faire ici ? Ces enfants sont à moi. »
C'est quand le Fils divin les mène au divin Père,
Leur murmurant tout bas sa sublime prière ;
C'est alors, les voyant sur le marbre à genoux,
Qu'en flots plus abondants l'eau sainte coule en nous.
O festin solennel ! union chaste et pure !
Hymen du Créateur avec la créature !
Table où j'ai vu s'asseoir, nourris du même pain,
Le fils du roi, l'enfant du pauvre et l'orphelin,
Qui nous écarte donc de vos cènes, ouvertes
A nos cœurs altérés, à nos âmes désertes ?
Ne savons-nous plus rien de ces temps bienheureux
Où l'on nous apprenait à regarder les cieux ?


Prince, que la leçon de vertu fraternelle
Que vous donne aujourd'hui la sagesse éternelle,
Laisse au fond de votre âme et dans votre avenir
De ces enseignements un plus long souvenir !

Heureux encor nos temps, où les grands de la terre
Savent courber leurs fronts devant le sanctuaire,
Et mènent leurs enfants du palais à l'autel,
Afin qu'ils sachent bien ce qu'ils doivent au ciel !
Gardez comme un trésor la divine semence
Qui tombe en votre sein, ô royale innocence !
Les fruits en seront doux, sains et rafraîchissants
Pour chacun de vos jours, pour chacun de vos ans.
Rien ne vous manquera, jeune ou blanchi par l'âge,
La science et l'amour, la douceur, le courage.
Lisez, apprenez tout dans le livre de Dieu;
Il est tout et pour tous, à toute heure, en tout lieu.
Que ce rayon d'en haut, conservé dans votre âme,
Eclaire votre marche et soit comme la flamme
Qui conduisait Moïse au royaume annoncé :
Au premier pas du ciel ce jour vous a placé.
Oh ! rappelez-vous bien ces touchantes prières
Qu'exhalaient avec vous tous ces enfants, vos frères;
Et comme aime Jésus, ô mon prince, aimez-les !
Méditez leur bonheur au fond de vos palais.
Vous les retrouverez, ou loin ou près du trône,
Magistrats ou guerriers, soutiens de la couronne,
Si les leçons de Dieu leur ont bien profité;
Et rendant à César le tribut mérité,
Ils se rappelleront et le jour et le temple
Où de l'humilité vous leur donniez l'exemple.
Qu'ils disent, vous voyant près du trône, affermi :
« Il est doux et puissant, notre royal ami;
Et voilà bien encor l'auréole sacrée,

Couronne de Jésus, et de tous adorée,
Dont il couvre les fronts des enfants à genoux. »

O prince, aimez toujours ceux qui prient avec vous ;
Et nous, tristes pécheurs, errants sur les abîmes,
Renouvelons nos cœurs à ces scènes sublimes ;
Tâchons de ressembler à ces petits enfants,
Dans les cieux entr'ouverts aujourd'hui si puissants !
Et pressons-nous de boire à ces pures fontaines,
D'y rafraîchir l'aigreur des discordes humaines ;
Rapprochons-nous aussi des beaux jardins du ciel,
Écoutons-en les voix, recueillons-en le miel ;
Allons au temple, aux champs, aux pauvres, au Calvaire ;
Regardons les enfants, écoutons la prière ;
Trop longtemps loin de là se sont perdus nos pas ;
Revenons *ramasser les miettes du repas.*

ULRIC GUTTINGUER.

F I N.

# TABLE

Lille Typ L. Lefort 1856.

# VIES DES SAINTS d'Alban Butler et de Godescard

avec le **Martyrologe** romain, un **Traité de la canonisation** des Saints, le Panégyrique des saints et martyrs par le diacre Constantin, l'opuscule de **Lactance** sur la **mort des persécuteurs** de l'Eglise, et un Traité des **fêtes mobiles**, renfermant le discours du **Cardinal Giraud**, sur le Sacré-Cœur, ÉDITION AUGMENTÉE d'un grand nombre de **notes** et de **vies inédites**, par M. l'ABBÉ **TRESVAUX**, chanoine et vicaire général de Paris; de **réflexions** pratiques, par M. l'ABBÉ **HERBET**, auteur de *l'Imitation méditée*, etc.; **entièrement revue** par M. **LE GLAY**, chevalier de l'ordre de Saint-Grégoire le Grand, correspondant de l'Institut, auteur du *Cameracum Christianum*, etc. **et enrichie de trois nouvelles tables** : (*outre la table des matières et celle chronologique*) 1° table générale de tous les noms des saints du Martyrologe romain (*avec le mot latin*); 2° faits, traits d'histoire, réflexions propres à être cités dans les instructions et dans les leçons de catéchisme ; 3° cours de lectures et sujets de méditations tirés des *réflexions* placées après la première vie de chaque jour. **12** forts volumes grand in-12 ornés de deux belles gravures. 42 fr.

( *franc de port par la poste :* 48 *fr.* )

— Le même ouvrage, *autre édition* en **6** volumes grand in-8° à deux colonnes, mêmes prix.

☛ *Il en a été rendu compte en la* Bibliographie catholique, *livraison d'octobre* 1855, *et de septembre* 1856 — *en l'*Univers *du* 25 *mai* 1855 *et du* 4 *septembre* 1856 — *dans le* Journal *des villes et des campagnes du* 29 *octobre* 1855 — *en l'*Union *du* 5 *novembre* 1855 — *en l'*Ami *de la religion du* 22 *mai et du* 15 *novembre* 1855 — *en la* Gazette de France *du* 1-2 *novembre* 1855 *et du* 2 *septembre* 1856 , *etc.*

Lille , Typ. L. Lefort, 1856.

www.ingramcontent.com/pod-product-compliance
Lightning Source LLC
Chambersburg PA
CBHW060844250626
47162CB00005B/2160